MAURICE LEFEVRE

La Chanson de Paris

PARIS

ANCIENNE MAISON QUANTIN

7, rue Saint-Benoît

Librairies-Imprimeries réunies

IL N'A ÉTÉ TIRÉ DE CETTE BROCHURE
QUE 100 EXEMPLAIRES :

10 sur papier impérial du Japon, numérotés de 1 à 10.

20 sur papier de Hollande, numérotés de 11 à 30.

70 sur vélin, numérotés de 31 à 100.

Exemplaire N° 54

mais.... tu
n'es pas forcé de lire.
à toi
Maurice Lefèvre
25 Mars 94.

La Chanson
de Paris

Scaramouche, conte, illustrations de JOB, couverture de J. CHÉRET.

Le Château de Cartes, nouvelle, illustrations de Th. CHARTRAN.

Par amour! nouvelle, illustration de A. DE LA GANDARA.

Crèvecœur, roman, illustrations de A. DE PARYS.

Histoires invraisemblables.

Mademoiselle Collardier, roman, avec Armand LAFRIQUE.

A travers Chants, recueil de quatre causeries sur la Chanson, préface de Jules CLARETIE, couverture de J. CHÉRET.

THÉATRE

Scaramouche, pantomime-ballet, avec Henri VUAGNEUX.

Conte de Printemps, pantomime, avec Félix RÉGAMEY.

Le Discobole, burlesque en 1 acte, avec Paul BILHAUD.

La Nuit de Noël, drame en 5 actes, avec C. DE RODDAZ.

Notre Oncle, trois actes en prose.

Merlin l'Enchanteur, opéra-comique, avec C. DE RODDAZ.

Don Quichotte, ballet-pantomime en 3 actes.

Le bon Gardien, pantomime anglaise.

L'École des Mères, comédie en 5 actes, en prose.

Son Altesse Sérénissime, comédie en 4 actes, avec GUY DE SAINT-PIERRE.

EN PRÉPARATION

Au Temps de la Romance, recueil de causeries sur la Chanson.

Madame Carignan, roman.

Adaï l'Eternelle, roman.

MAURICE LEFEVRE

La Chanson de Paris

PARIS
ANCIENNE MAISON QUANTIN
LIBRAIRIES-IMPRIMERIES RÉUNIES
MAY ET MOTTEROZ, Drs
7, rue Saint-Benoît

Pour ANNE JUDIC

Ce nom seul me dispense d'en écrire plus long.

M. L.

MESDAMES,

MESSIEURS [1],

Le temps de la romance n'a été, vous le savez, dans l'histoire de la chanson, qu'un rapide et sentimental épisode. Je me suis efforcé à le faire revivre pour vous par ses costumes, par ses salons, par ses mœurs [2]; je vous en ai dit de mon mieux la grâce mièvre, la sensiblerie quelquefois co-

1. Causerie faite pour la première fois à la Bodinière le 16 février 1894.

2. « Au temps de la Romance », causeries faites pour la première fois à la Bodinière les 5 et 19 janvier 1894.

mique, le charme toujours prenant, et les applaudissements dont vous saluiez nos gracieux interprètes[1], et dont l'écho résonne encore à mon oreille, m'ont prouvé que vous preniez goût à cette évocation.

Aujourd'hui, je voudrais vous entraîner loin du salon de Mme Récamier, de ses guirlandes, de ses chuchotements et de ses langueurs. Nous irons, si vous le voulez, flâner le long des rues de Paris à la découverte, l'oreille au guet, écoutant le refrain qui passe...

... Vous souvient-il de l'histoire de la princesse Chanson, que je vous contai naguère ?

Fille de la reine Fugue et du roi Contrepoint, l'indisciplinée princesse, chassée de son palais à la suite d'in-

1. Mlle Mathilde Auguez et M. Henri Cooper.

trigues de cour, se mit à errer par les champs et par les bois en quête d'un nouveau royaume. Accueillie chez les pauvres gens, elle entrait dans les chaumières, s'asseyait au foyer domestique, gaie toujours, et semant sur son chemin l'espérance et la joie...

Aucune porte ne resta fermée devant elle, mais nulle part peut-être, elle ne reçut un accueil plus cordial que sur notre terre de France. C'est que jamais la Poésie n'avait envoyé vers nous un ambassadeur qui sût, aussi bien qu'elle, nous charmer par sa bonne grâce et son sans-gêne de haute lignée. Les exubérants et les impulsifs que nous sommes se reconnurent tout de suite en cette tête folle, dont les exagérations même savaient si bien servir son cœur, où fermentaient tous les courages et tous les enthousiasmes.

Ah ! la Chanson de Paris ! Qui saura jamais en conter l'esprit alerte, la gaieté, la belle et saine humeur ? Qui en dira, comme il convient, la franchise, la puissance, la colère parfois, la poésie toujours ?... Paris !... mais toute sa vie tient dans un couplet. Tour à tour joyeuse et grondante, la Chanson de Paris surgit des pavés aux mauvais soirs, comme elle s'envole des fenêtres aux bonnes journées. Parfois riant à gorge déployée, un broc de vin en main, une belle fille sur les genoux, elle dit la joie de vivre et le bonheur d'aimer ; elle est Française avant tout, c'est-à-dire claire et saine...

Voulez-vous connaître son histoire ? La voici en quelques mots :

Sous la Fronde, elle est batailleuse ; sous la Ligue, elle berne tour à tour le pape et le roi : elle ne connaît d'autre maître que sa fantaisie ; elle est toujours de l'opposition et combat résolument les pouvoirs établis ; la robe rouge d'un Cardinal ne l'intimide guère, et c'est le Mazarin, qui le plus communément, lui sert de cible. Sous le Grand Roi, notre Toinon essaye bien de se gourmer et de se solenniser ; mais elle a vite fait de retourner à sa *mie ô gué !* et laisse les sonnets à Oronte. Sous la Régence, elle entre avec les petits maîtres au Palais-Royal ; elle connaît la poudre et les mouches ;... mais, là encore, elle se sent mal à l'aise : l'atmosphère des salons est trop corrompue pour elle, il lui faut le plein air, et elle rentre chez le peuple qui, dans la rue, chansonne les maîtresses du roi, en attendant qu'il chansonne le roi lui-même...

Puis les temps sont accomplis. Une formidable clameur emplit le monde : c'est la voix du peuple qui se soulève aux virils accents de la *Marseillaise*. La gentille soubrette de tantôt se transforme, elle devient une redoutable tricoteuse : c'est le sinistre *Ça ira* que hurle Paris affolé, et un monde s'écroule aux refrains de la *Carmagnole*. Puis comme s'il fallait des martyrs pour expier les crimes de la Chanson, c'est en chantant que les Girondins marchent bravement au supplice... Mais les jours terribles sont finis : voici venir l'âge héroïque. C'est avec des refrains que les armées de la République courent à la frontière ; c'est en fredonnant gaiement qu'elles entrent dans la gloire,. ces immortelles phalanges de loqueteux, et c'est avec une chanson aux lèvres qu'ils se ruent à la mort ces va-nu-pieds sublimes, ces bataillons de la Moselle qui, en des jours inoubliables, ont sauvé la patrie !

*
* *

Cependant, ce n'est point cette intrépide guerrière que je veux vous faire entendre, car celle-là, ce n'est pas seulement la Chanson de Paris, c'est la Chanson de la France.

Mais il en est une qui se dégage des murs de la Ville. On ne saurait l'entendre ailleurs ; elle est faite de mille bruits subtils, indistincts, qui flottent épars, dans l'air même des rues ; on ne l'entend pas, on la devine ; elle est la voix des carrefours ; ce n'est point la mélopée ininterrompue, l'harmonie apaisée des campagnes, les mille murmures de la forêt, le cri du grillon dans les chaumes, les joyeuses roulades de la mésange et du loriot... : c'est moins et plus que tout cela ; c'est, pour ceux qui savent écouter Paris, la chanson de son cœur, une immense et silencieuse symphonie faite de bruits éteints et de clameurs lointaines. Ah ! la poésie de Paris ! Combien méconnue, et pourtant combien exquise ! Le silence et le repos des dimanches d'été, quand tous les cris de Paris sont allés rejoindre loin des barrières les *Ohé! Ohé!* suburbains !... Dans la Grande Ville désertée, c'est un calme surnaturel. Les rues aux devantures closes sont muettes : à peine la ferraille grinçante d'un fiacre attardé ou le pas d'un rare promeneur vient-il en troubler le recueillement. Les derniers échos de la vie coutumière s'éteignent à leur tour, et le silence tombe, absolu, écrasant... Prêtez l'oreille, alors : vous allez l'entendre, la vraie chanson de Paris, celle qu'il ne se chante qu'à lui-même quand il est seul — chanson mystérieuse et troublante qui s'évapore de l'asphalte des cours et jaillit des pavés, qui suinte des murs et ruisselle des mansardes, vapeur sonore, qui a une couleur comme elle a une voix, qui monte lentement du sol, enveloppe, baigne, pénètre, et qui fait l'âme exquisement et douloureusement vibrante.

Alors, tous ces bruits épars, ces concerts silencieux, ces harmonies émanées de la lumière, de la chaleur, de l'air, des murs des maisons, se condensent, se résolvent en un seul bruit ; les sens exacerbés s'aiguisent et il devient perceptible, le son étrange de cette voix inentendue jusqu'alors, inoubliable désormais, la grande voix des cloches qui plane au-dessus d'un Paris inconnu, d'un Paris recueilli et religieux, parmi l'imposante majesté de son incomparable poésie...

Ah ! ne la niez pas, et surtout ne la raillez pas, cette chanson-là, car, voyez-vous, c'est la vraie Chanson de Paris, de ce faux sceptique qui semble prendre à tâche de toujours cacher le meilleur et le plus pur de lui-même, et qui rougit comme d'une faute de sa foi et de ses enthousiasmes...

Ce portrait de Paris ne ressemble

guère, je le sais, à celui qu'on en fait d'ordinaire.

Ce qui le rend incompréhensible pour les étrangers, c'est précisément l'extraordinaire multiplicité de ses aspects. Vous croyez le saisir, le connaître,... erreur : à chaque minute, le tableau change. Vous le voyez aujourd'hui plein d'indulgence et de mansuétude ; demain il sera impitoyable, après-demain railleur, un autre jour féroce. Aussi, l'a-t-on mal jugé, notre pauvre Paris, et que de fois calomnié ! Que les psychologues qui n'ont pas su le disséquer ne s'en prennent qu'à eux : pour le connaître, ils n'avaient qu'à l'étudier dans ses chansons. Là, ils l'auraient trouvé tout entier, avec ses qualités et ses défauts — vertus profondes qu'il ne montre pas et vices de surface qu'il étale comme à plaisir — et sans doute alors ils le dénigreraient moins et l'aimeraient davantage.

En écoutant la foule, en entendant le grondement qui monte des masses, quel observateur superficiel devinerait jamais les deux plus tendres couplets de la Chanson, ceux que Paris murmure avec respect et avec amour, près des berceaux et près des tombes ? Car Paris le frivole, Paris l'inconstant, n'est pas gai toujours. La misère l'émeut, le malheur le trouble. Il y a des moments où il s'attendrit, il en est d'autres où il pleure — et ces attendrissements de Paris, formidables comme tout ce qui émane de lui, surprennent, parce qu'on l'ignore. Promenez-vous dans les allées fleuries des nécropoles, et jugez. Suivez les convois funèbres le long des rues, et regardez : toutes les têtes d'hommes, sans exception, se découvrent, tous les fronts de femmes se signent non pas devant les croix et les panaches, mais devant le drap noir ou blanc symbolique — dernier manteau des glorieux et des humbles... — Entr'ouvrons maintenant la porte des maisons, écoutons la Chanson de la mère penchée sur un berceau... c'est la même partout, à cette heure où le présent indécis se confond avec un avenir encore lointain et qui fait égaux entre eux les riches et les pauvres; c'est le même refrain qui les berce, c'est la même chanson qui les endort et qui les console.

Il est d'autres couplets encore à la Chanson de Paris. Après ceux que chante son cœur, écoutons les couplets que dit son esprit.

L'esprit de Paris est encore plus compliqué que son caractère. Il est fait de délicatesses et de nuances qui échappent aux étrangers et lui ont valu sa solide réputation de légèreté et de folie. Il faut avoir pratiqué longtemps Paris, vivre de sa vie, être entré dans son âme, pour l'aimer comme il faut qu'on l'aime. L'esprit de Paris est sobre, élégant, délicat. Il n'est point contemplatif, il a horreur de la solitude ; le joli aspect des choses le séduit d'abord, et il aime par-dessus tout à se divertir. S'il rit des travers et des ridicules, ce n'est point par méchanceté, mais pour la joie même qu'il trouve à rire. Un de ses signes distinctifs, c'est le tact ; il sait la limite extrême qu'on ne doit jamais atteindre, et, s'il frappe aux vitres du voisin, c'est toujours sans les casser.

L'esprit de Paris peut tout dire. Il n'est pas de hardiesse qu'il ne se permette, car il sait tout draper avec élégance ; il connaît à fond l'art complexe des sous-entendus; il ne s'exprime pas toujours par des mots, mais par une intonation, par un sourire, par un clignement d'œil... C'est un rien le plus souvent, et ce rien subtil, impalpable, c'est toute la Chanson de Paris... Et voilà pourquoi j'ai choisi pour l'interpréter devant vous notre Judic, qui en est l'expression la plus exacte et la plus exquise.....

Est-il nécessaire de faire devant vous l'éloge de sa diction, qui est un délice, de sa voix, qui est un printemps? Non, n'est-ce pas? Rien de ce que je ne saurais dire d'elle ne vaudrait ce que vous en pensez vous-même. Paris est un être de race, spirituel et bon ; eh bien, dans les grands yeux de Judic, on trouve la bonté, dans ses narines frémissantes se décèle la race, et l'esprit de Paris se lit dans son sourire. Voilà pourquoi Judic était mieux que qui que ce fût l'interprète idéale dont nous avions besoin.

Elle arrive à vous avec un dizain de

chansons en qui se résume tout notre Paris aimant, douloureux ou rieur. Parmi elles, il en est de tendres et de mélancoliques; elles sont frivoles ou sérieuses, gaies ou tristes, elles sont pudiques ou..... un peu païennes; elles viennent du Paradis..... ou bien du Purgatoire; mais, dans toutes, vous trouverez ce bon ton, cette urbanité, cet atticisme, qui permettent de tout dire et de tout entendre. En les parcourant, j'entendais murmurer dans ma mémoire ces délicieux vers de la *Chanson des Rues et des Bois*, de Victor Hugo, qui semblent avoir été écrits pour leur servir d'épigraphe, et que je vous demande la permission de vous lire :

DIZAIN DE FEMMES.

Une de plus que les Muses;
Elles sont dix. On croirait,
Quand leurs jeunes voix confuses
Bruissent dans la forêt,

Entendre sous les caresses
De grands vieux chênes boudeurs,
Un brouhaha de déesses
Passant dans les profondeurs.

Elles sont dix châtelaines
De tous les pays voisins.
La ruche vers leurs haleines
Envoie en chantant l'essaim.

Elles sont dix belles folles,
Démons dont je suis cagot,
Obtenant des auréoles
Et méritant le fagot.....
. . . .

Ne vous étonnez pas si, comme dit le poète, ces dix châtelaines viennent « de tous les pays voisins ». Vous savez bien, n'est-ce pas, que Paris se compose de tout, et qu'on y rencontre même des Parisiens.....

*
* *

Dans ses nombreux voyages, la princesse Chanson a fait parfois de bien mauvaises rencontres, et, si elle est le plus souvent demeurée la grande dame que vous savez, il est des jours où elle s'est encanaillée, car son bon cœur ne l'a pas toujours rendue assez sévère sur le choix de ses relations. C'est le moment, après l'éloge que nous avons fait de Paris, d'achever le portrait et de dire un mot d'un de ses travers. On jurerait parfois que Paris, pour se délasser sans doute d'avoir tant d'esprit, éprouve je ne sais quelles délices à se plonger dans un océan de sottise ! Mais comment lui en vouloir ? Être bête est un luxe que les imbéciles seuls n'ont pas le droit de se permettre. ...Or Paris a cette supériorité de ne jamais faire les choses à demi, et, quand il veut s'en donner la peine, croyez qu'il établit le record de la sottise avec une incomparable maëstria : de là sont nés les cafés-concerts... Ah ! les cafés-concerts !... Si on pouvait mesurer la somme fantastique d'âneries qu'ils entassent, sonder le fleuve d'ordures qui coule chaque soir entre leurs quinquets, nous en aurions pour longtemps... mais non, jetons un voile : je ne dois pas oublier à qui je m'adresse. Et revenons à Judic.

Connaissez-vous la naïve histoire de la *Légende dorée,* qui décrit une des phases du martyre de sainte Agnès ? Lorsque la vierge fut traînée au mauvais lieu, dit le vieux livre, un miracle s'accomplit : les hommes s'inclinèrent avec respect, des anges la couvrirent de leurs ailes, et, parmi l'apothéose des lumières, dans un nuage parfumé d'encens, un céleste concert vint ravir ses oreilles et protéger son âme immaculée.

Eh bien, — toutes proportions gardées naturellement, — quand Judic paraît au café-concert, c'est un ravissement semblable à celui de la naïve histoire. Les bruits grossiers s'éteignent dans la salle empestée ; tous les fronts se découvrent comme devant une amie, *on jette les cigarettes,* et le mauvais lieu, par sa seule présence, se transforme en palais d'art ; on écoute silencieux, et la Chanson de Paris, s'échappant de ses lèvres, monte légère et joyeuse, dans la lumière, comme le chant de l'alouette dans le soleil.

Ah ! cette chanson de Judic ! Quel repos, après toutes les souillures et toutes les sottises qui se débitent couramment sur les planches de ces assommoirs ! C'est comme une bouffée d'air pur après la nausée.

...Mais je m'arrête, et ne veux point plus longtemps retarder le moment de la faire apparaître. Elle est émue et tremblante, oui, tremblante, et plus troublée mille fois à l'idée de comparaître devant vous qu'au moment de créer une pièce nouvelle. Eh bien, mesdames, je vous la livre, rassurez-la, et montrez-lui que, si l'on fait ailleurs un succès malsain à des chansons qui ne sont que la grimace de Paris, ici du moins on accueille avec joie l'interprète qui en est le sourire.

Paris, 16 février 1891.

Lib.-Imp. réun.

www.ingramcontent.com/pod-product-compliance
Ingram Content Group UK Ltd.
Pitfield, Milton Keynes, MK11 3LW, UK
UKHW020526180726
13839UKWH00005B/2329